詩 集

黒い一匹の人魚の歌

中原 厚

文芸社

「詩集　黒い一匹の人魚の歌」目　次

北洋

貿易風

北洋

黒い一匹の人魚の歌

北海の早い夜明け
寒い寒い夜明け
青白い一面の夜明け

南からきたおいらにゃ
それは冷たい殺意

おいら　くにをすてた
おいら　いえをすてた
おいら　女房をすてた

垂れ下った見る限りの曇天
この粒の荒い濃霧は
一体どこから湧いてくるのだろう
どうして　こうも
涯なく淋しいのだろう

すてた　すてたの
ひゃくまんべんのねんぶつ
それはすてきれぬ
全くの証拠ではないのか

あの沖合遥かにあるという
伝説の孤礁よ

干潮の一刻にしか姿を見せぬという
骨だらけの島よ
流氷と海獣の墓所よ

ああ　このおびただしい
とろうをすてたい
いま　おいらのめには
弔鐘の彼方なる歓喜が見える

やがて日暮れがやってくるだろう
やがて雲のきれ間から
厖大な誤謬のように
月が顔を見せるであろう

やがて暗いつらい流れが
おいらの手足をぐいぐいとひくだろう
暮れぬ裡《うち》に　早く　探さねばならぬ
暫くのときを　月に嘯《うそぶ》くために

おいらのみのさだめ
おいらのシニシズム
本当においら　何をすてたいのか

短詩　十六篇

五月の夜

五月の夜は　台風の匂いがする
ちびた煙草のように
棄てたおんなを思う

トンボ

逝く秋の
茜《あかね》の色が　気重いか
風にさえ　逆らっていれば
良いとでも言うか
そちらは　水平線だ

夜霧

友よ
機関室から上がって
汗をほし給え
夜霧は
アイスクリームの味がする

機関日誌

日誌台にもたれて
ふと　ログブックの
表紙を嗅いだ
それは　油の臭いであった
主機関と同じその臭いは

僕に　嘔吐を感じさせた

ピストル

どうかした時
僕は指を曲げて
ピストルを構える真似をする
向うに見える計器でも
ぶっ飛ばしてやろうか

自由よ

脱いでも　脱いでも
まるで　玉葱の皮だ
この　仮装

インク

偶然にも　不遇が匂った

秋

僕は冬の方に　身をすりよせる
日陰に座って
冬の方から吹いてくる風に
瞼をさらす

荷役

夥しい健康が　吊り上げられ
ダンブル（船艙）に仕舞われる
何処か遠い国に

売られていくにしても
多くの健康が　必要であった

VOYAGE
スカイライトの斜光に舞う
無数の　透明な羽虫
おお
そんなに私を毒さないでくれ
私は只
六気筒ディゼルエンジンの
下僕にしか過ぎないのだ

不服

まるで
俺から飼われているとでも言うように
その暗い所に
めじろおし　している

荒海
ローリングの奴に　突き飛ばされるな
ピッチングに　足をとられるな
おれ達が　もっと意地悪だということを
思い知らせてやれ

海峡へ
ようやく　安定が戻ってきた

矢張り
地球の外にいたのでは
無かったのだぜ

神戸港

六甲の彼方で
落日が映え　そして　消える
おお　あそこでも働いているのだ
六本煙突の煙は　西へ流れ
やがて　黒い工場の中程に
鋭く　灯が点った

詩

今日は　詩のことを考えよう
時には　合間ということもあるのだ
仲間たちの話に　微笑みながら
そのことを考えて暮らそう

焼酎

俺の眠れぬ心のために
ただ　それだけのために
ただ

霧笛

朔風《さくふう》は霙《みぞれ》を交え　夜を傾けてしまった
リマン海流の消滅する所　此処　海は暗く泡立ち　絶えず
波間からシュッシュッと湧きいずるもの
忽ちにして降りる大緞帳

友よ　耳を澄ませ
幕開きを待つ観客の　あの怒濤のような拍手が聞こえては来ないか
それとも懶《ものう》い潮騒のような幕間のざわめきは無いか

一つの影法師は前に長く　いま一つは後ろに
一体この奇妙な照明は何処から来るか

すでに昨日は遠く
港も花束も女の哀れな歌声も無い
証すものとて何一つ無い

——星達の墜ちるこの行き暮れた夜
友よ　何思う
頬を厳しくして

お前の吐息は冷たい　そして夜のせいでもなかろうが
何故その掌は冷たいか
更に　靴音をきしらせて誰に実存を証すと言うか

ガラスの曇りをぬぐい給え

嗅覚の鋭い獣のような　若者達の見張りをふやせ
きっと彼らは未来を嗅ぎとってくれる
暫く眼鏡の掌をよこし給え
ボタンをはぎとった私の胸裡はかくも暖かいのだ

ここにこそ明日に貫く赤い太い航路線がある
友よ　迷妄に傾く心の舵を戻せ
夜の果てまでも響かせよ
霧笛！

関門海峡

めかりの端《はな》を曲がると
真昼の海峡は
ひらめく旗だ

ヘリコプターが落書のように　とまり
この街を見下ろしている
風師《かざし》山頂の巨大なレーダーは
猫背の紋章

なぜ
そんなに間近にいながら

君たちは他人なのだ
そして　トンネルは
子供の遊び場にしては　高価だ

何処までも続く白々しい風景の真ん中で
海峡通過の号笛を響かせよう

いとしい人よ
暫く手を止めて　耳を傾けたまえ
木霊は何処から帰ってくるのか
海洋からなのか
満ちてくる潮のように
それは貴女を包む

巌流島を過ぎると
境界線のあたりで
秋がキラキラと輝いた
紛れもなく深い色だった

僕らは通過する
振り返りもせず
僕らの豊かな展望の中に
飛沫を上げながら　溶け込む

朝

そこは内部のようであったが
やはり外部だった

僕らは　百一回目の
海峡通過信号旗を掲げた

朝の気配がぐずついている間に
通過しなくてはならなかった

船艙一杯の朝を
一刻も早く届けねばならないのだ

それは
何処の空にも輝いたことのない　朝

汽笛を響かせよう
僕らが　一度も足を止めることのなかった
この白い陸地に
朝を一つずつ配っていこう

間もなく　二つの陸地から
朝が明けそめる頃
僕らの朝は　海峡を照らしている

忘れ難い日々の最中に

海峡は勇気ある人々のために開かれていた
忘れ難い日々の最中
僕らはそこを通過する
対《む》きあう二つの威嚇の中を

城壁の修復がいそがれていた
レーダーがゆっくりと索敵回転を続けていた
高々とラッパが鳴り渡り
小市民兵共が散開するのが見えた
そして敵とは彼らの母なる大地でなかったか
古きものは滅びるという

あの確かな摂理がそこにはある

敵とは僕らに違いなかった
戦いは夜毎日毎渚でくりかえされた
彼らの猛々しいどよめきが
沖合遥かまでとどくとき
明らかに別の歓喜が
僕らから未明の空に溢れだすのだ

僕らは颪で航走する訳にはいかない
何故なら　今日　颪は彼らの仲間だから
僕らは高い山や灯台で
方位を計ることをしなかった

何故なら　僕らは海そのものであったから

だけど　何故　対きあった彼らが
僕らに対する時　手を握りあえるのだろう
僕らをねらった筈の砲弾が
対岸で炸裂する時
それが彼らの祝祭であるのは何故か
死者達のエクスタシーとは何だろう

豊かな強い潮流は僕らの意志
岩を噛み　飛沫をあげ
最早進むことだけがその深い意味だった
僕らは息をひそめて

戦いの記録に耳を傾ける

この忘れ難い日々の最中に
僕らは海峡を通過する
僕ら　その新しい仲間達ともども
海峡通過の号笛を響かせよう
僕らは汽笛綱をひく
僕らは果てしない展望の中に出てゆく

二十馬力

二十馬力発電機駆動デイゼル機関
ああ　何という長ったらしい名前だ
だが　まだある
四サイクル単動無気噴射式たて型二気筒
その上横腹にはクボタデイゼルとまで刻印があるのだ

しかし　俺達はそのものずばりの名前
二十馬力とお前を呼ぶ
真中の大きい計器がタコメーター（回転計）
右下がＣ・Ｗ（冷却水）ゲージ
左下のがＬ・Ｏ（循環油）ゲージ

何をむっつりしているのだ
三目小僧の道化者奴！
今　お前に
二五kg／cm²に圧縮された空気と
一二五kg／cm²で噴射される霧のようなA重油を叩きこんでやる

タコメーターが眼をさます
一〇〇→三〇〇→六〇〇回転
C・Wゲージが窓を開く
L・Oゲージが腰をもちあげる
そして　全速回転だ

曲がりくねった排気管を通して

お前の熱い吐息を吹きあげろ
太陽をいぶしあげろ
奴の中の気取りと中立主義をいぶしあげろ

右腕は　水番　C・Wポンプ
船底　そこは暗いか　辛いか
魚どもはとっくの昔に逃げ
プランクトンは死に絶え

厖大な悪意が滓のように溜まってはいないか
用心しろ　用心しろ
ストロンチウム九〇　セシウム一三七

左腕は　陽気な若者L・Oポンプ
アラブの燃えあがった火をくぐり
この緑色のオイルはやってきたのだ
無機質な　たとえば人ひとりもいない白昼の街頭
のような静けさをかき乱せ
滑らかな舌をして歌わしめよ

二十馬力　この奴
小さいが　がっしりした奴
お前の狭い胴腹に二十頭の馬がかくされているとしたら　これは愉快だ
お前　二十頭だて急行馬車は
どこからやってきた?
一八九七年のドイツから?

一九五〇年の大阪久保田鉄工から?
この砂埃　汗
このカーボン　オイルスラッジ

おいらはドクター　しがないドクター
おいらは　お前の胴腹に容赦なく拳骨《げんこつ》を突っこむ
洗う　削る　取り替える
灯をもちこみ　ピカピカにぬぐいあげる
塵ひとつだって見逃しはしない
さあ　おいらの歌にあわせて
お前の長かった旅の物語でも聞かせてくれ
仲間達　大阪の労働者諸君も貧しかったか?
俺達同様　爪の間を油で汚していたか?

時には酒食らってパチンコにもいったか
時には歌うこともあったか　おいらのように
指をつめりゃ油をすりこんで　高笑いしなかったか
話しておくれ　さあ

それら仲間達が
立派にお前を送り出したように
今再びお前を任務につかせるのだ
お前は終日　灯をかかげねばならぬ
お前は世界中に　電波を送りださねばならぬ
お前の灯で　俺達が何を学ぶか
知っているな　二十馬力　お前

函館の女仲仕よ

デッキに溢れた油を拭いながら
はや寒い朝
女仲仕たちの　呼びかわす声を聞く
背骨の硬い彼女たちの
老いの何処から
あのように華やぐ声がでるのだろうか

船が小さくて　燃料油槽が小さく
ぎりぎり積み込んで漸く
北洋鮭鱒仲積み航に間に合うほどのものだから
瞬時も　眼が離せぬ　にもかかわらず

油を溢れさせてしまった

船が小さいから
彼女たちの背負いこで運び込む荷物と
彼女たちの叫び声や　その豊かな表情を一杯
船艙に積み込む
明日は出帆だ

函館の　背骨の硬い女たちよ
きみたちが積み込んだエネルギーに較べ
船が小さくて　何とも申し訳ないみたいだが
ともかく　行ってこよう
君たちの背の温《ぬく》みを

間違いなく
北洋漁夫たちに　届けてこよう

郵便はがき

恐縮ですが
切手を貼っ
てお出しく
ださい

1 6 0 - 0 0 2 2

東京都新宿区
新宿1－10－1

(株) 文芸社

ご愛読者カード係行

書　名				
お買上 書店名	都道　　　　市区 府県　　　　郡　　　　　　　　　　書店			
ふりがな お名前			明治 大正 昭和　　年生　　歳	
ふりがな ご住所	□□□-□□□□			性別 男・女
お電話 番　号	(書籍ご注文の際に必要です)	ご職業		

お買い求めの動機

1. 書店店頭で見て　2. 小社の目録を見て　3. 人にすすめられて
4. 新聞広告、雑誌記事、書評を見て(新聞、雑誌名　　　　　　)

上の質問に1.と答えられた方の直接的な動機

1.タイトル　2.著者　3.目次　4.カバーデザイン　5.帯　6.その他(　　　　)

ご購読新聞　　　　　　　　新聞	ご購読雑誌

文芸社の本をお買い求めいただき誠にありがとうございます。
この愛読者カードは今後の小社出版の企画およびイベント等の資料として役立たせていただきます。

本書についてのご意見、ご感想をお聞かせください。 ① 内容について
② カバー、タイトルについて
今後、とりあげてほしいテーマを掲げてください。
最近読んでおもしろかった本と、その理由をお聞かせください。
ご自分の研究成果やお考えを出版してみたいというお気持ちはありますか。 ある　　ない　　内容・テーマ（　　　　）
「ある」場合、小社から出版のご案内を希望されますか。 する　　しない

ご協力ありがとうございました。

〈ブックサービスのご案内〉

ご注文書名	冊数	ご注文書名	冊数
	冊		冊
	冊		冊

北洋漁夫の歌

或る海域では　浪は横から押し
続く海では　進行方向から脅かす
つまり　海は沸騰している
いや　正確に言えば
海流が衝突しているのだ

アリューシャンの秋
過ぎるのは早い
出発は常に　一足先に訪れる
暗い冷たい流れの
もたらすもの

しかし俺は　歌わぬ
卑小だと言わば言え
翻弄される人間共の
幻覚の日々も歌わぬ

たとえ　如何に美しく装うとも
この暗い海の中では
すべて　虚しい

ペイントは　剥げ落ち
漁夫たちの　髭は伸び
掌は　網の為ささくれ

野菜はとっくに無くなり
もうかれこれ　三月

鮭鱒を追って
鱒一匹　七十円
白鮭　百三十円
紅は　三百円（注・一九五八年値）

それは高いか　安いか
俺は詩のかわり
ソロバンを弾こう
俺の指は武骨
三〇〇馬力デイゼルのようには

いかぬ

だが　北の冷たい水で
鍛えられた俺は
ちと　執念深いぞ

時化

巨大な見渡す限りの空間が
とっぷり暮れ
ただ　海原を押し渡る
幾千万の風共の叫び声と
吹き千切られる飛沫だけとなって
そ奴は　おれ達を襲う

急回転　ガァガァガアアア
機関室の　この狭い空間に
空ドラム缶を数十本　一度に
突き落とす奴

もしも一本のベアリングボルトが　折れるならば
（つい　この前一本取り替えたばかりだ）
怒濤に鼻面をたてる以外方法もない
この広い闇の中で
おれ達はおれ達なりに　そ奴へ鼻面をたてる

ピッチングに足をとられるな
突き飛ばされるな
日常の細々とした
仕事の集積を信じよう

手の行き届かぬ所とて無い

主機関の腹をなでながら
そのおれ達への信頼が　今
ぴたりと寄り添うのだ

ボートデッキにて

暇さえあると奴　つまりQは
ライフボートに腰を下ろして
陸の方を眺めている
勿論　何も見えやしないが
盲目のような　身体一杯の
悲しい表情には
そこに陸がないのだと言う
言葉を拒絶する
ローリングで身体が浮くと
決まって　鋭く口笛を吹く
Lはハンドレールにもたれて

航跡に魅せられている
瞳が　錯乱を映して
姿勢は　投身者の
ようだが
流れに棄てるものが
青春だと思いこんでいるのが
滑稽だが　笑えぬ
Pはそんな彼らが好きで
堪らなく好きで　ボートデッキに
出てくると　後ろ手を組み
うろうろする
だが　靴音を消すくらいの
エチケットは心得ている

北の海は終日　つらい物音を響かせる
ここでは　全てが一日早い
出発のように　明日が今日の風にはためく
今は夏だから　少々寒い
不意に
鈍い衝撃音が伝わる
そして　暗い大きな影が　サイドを流れ
素早く　海に潜った

Qは口笛を忘れ　思わず叫んだ
Lはハンドレールをしっかり　摑み
Pは　その背に駆け寄った

Ｐは　鯨だと言った
Ｌは　流木だと答えた
Ｑは　陸の破片さと答えたがったのだが
そのかわり口笛を鳴らした
いや　人魚だったかも知れないと　Ｌが言った
Ｑが素早く応じた
つまり　海豚《いるか》さ
Ｐは　黙って　指示した
浮上した巨大な背中は　その時
真っ赤な潮しぶきを噴き上げた
洩れ陽もない　この海で　それは怒りの虹
遭遇した運命の　恨みの涙

やはり　陸の破片さ　Q

人魚だったな　L

……………………　P

北洋航

――全くよく揺れるな
交替に起こされたセーラーがぽつんと呟く
実際　揺られ通しで
今日が七日目だ

だが
これは悲鳴ではない
これは哀しみではない
これは弱音ではない
これは怒号ではない
それらすべてではない

これは生理の呟きだ
而も回復されるべきそれだ

セーラーは足を踏ん張って着替える
彼はブリッジに昇ってゆく
軽くラットに掌をおきにぎりしめる

彼は眼をあげる
前方の闇を通して
忍びよってくる朝の気配に
じっと思いをこらす

海豹猟スクーナ船「幽霊号」

海底から　暗い水を汲み上げ
湯を沸かし　体を洗う
北西風の　巨きなタオル
海獣の皮を剥ぐ調理手がいて
見張り台で叫ぶ声がある

雲が焼け　洩れ陽は虚ろしくきらめき
北洋
流木すら　絶えて見ぬ俺たちの海
凍てつくす全てと
それぞれの　燃える心がある

またも　日を夜に変える
海豹《あざらし》猟スクーナ船「幽霊号《ゴウスト》」
船艙には　収穫の夥しい恨み
深く海がどよめくのは
海流の　見事な衝突だ

間もなく　結氷から始まる　大いなる交替の季節
渡る海鳥があり
南下する　ずぐろい海獣の一群がいる
やがて　海霧に閉ざされる北方ロード
航海者たちの　目覚めた心

貿易風

海の通信

雨がやむとまもなく夕暮がやってきました
海も空も同じ色調に彩られて
水平線というけじめがなければ
恐らく私達の船は翼をもったに違いありません
風が絶えると歌声も流れず
こんな時　便りを誰が伝えてくれるでしょう

海は私達の周りで微かな響きをたてています
優しい静かな声は彼の思索の深さを思わせます
私達もこの時間　それぞれの追憶に捉われながら
ひっそりと夜を迎えることでしょう

夜がすべての視界を閉ざす時　私達はすっぽりと海に抱かれている訳です

労働によって得た私達の深い眠りの中にも
沢山の物語が　厳しく目覚めています
かつて私達は幾日も幾日も遠い旅を続けました
木枯らしの荒ぶ道　遠く黒雲が丘をおおい
私達は久しく日輪を見ませんでした
飢えが私達を何処までも歩き続けさせたものです

又ある時は背き去ったひとつの心を見たこともあります
鮮やかな緋文字を背負って遠ざかったその人影を忘れることは出来ません
かずかずの生と死　栄誉と汚辱
別離　別れ　もうひとつの別れ

ああ　何というういとおしい時代に生きたものでしょうか

私達が海を選んだことは偶然でしょうが
海が私達を捉えたのは偶然ではありません
あの日　私達が出会ったのは偶然だとしても
私達の愛にまやかしがないように
山頂を濡らした深い霧が六月の偶然だったとしても
私達のくちづけの熱さに偽りはなかったように

海には涙と血と汗がおびただしく流れこんでいます
そこには人間の夜明けが用意されています
そこには闘いと安らぎが同時に秘められています
そこには私達の未来がひろびろと展開されています

海は生まれながらの貴族　海藻の髪　白い額

さあ　私の大きな便りを受け取ってください
私の熱情は貴女の足元で轟くでしょう
繰り返し愛を貴女と世界に告げるでしょう
その時海鳥が一斉に飛び立って晴れやかな空を飾ることでしょう

ホームポート

見知らぬ港では
僕は不在になる
あいにく　そこで疲れさす何物をも持ちあわせていないから

ホームポート
ホームポート
僕はたたえよう
そこから伸びた五色のテープが
どんなに強靭であったか
いまだに
僕の体は隅々まで匂う

ホームポートは
僕に美しい恋人を与えてくれた
数々の消息をエアメールがとどけてくれた
僕は行間の白い匂いを愛するようになった
それは何時もゆるやかに拡がり
僕の中で満ちた
愛の歌が甦った

お土産は
ほかならぬ僕
日一日と僕の内部に年輪が蓄積され
推理され　判断され

豊かになってゆく僕

海洋は砂漠なのか
涯に湧く白雲の空しさと
焦げつく太陽と　打ち続く波丘の群れとで
ここは荒地なのか

利潤を追う意志と
電波が支配する不毛の王国であるのか
僕らが選んだその日から
女達が歩み去った青い空間なのか

否だといいたい

海は僕の汚れを洗ってくれた
風が頭髪の塵埃を吹き払ってくれた
そして
何よりも　労働が僕を鍛えてくれた
時には仲間達と哄笑したりした

ホームポート
ホームポート
今　揺れるその文字
波濤の贈りもの
海鳥が落日に羽ばたく時　思いは映える
そして　僕も一羽の鷗となるのだ
疲れを知らない——

港が花を

港は僕らに花を与えてくれる
とりどりの匂いや装いで船は飾られる
花々は故郷から風と光に溢れてやってきた
副缶番は蜂　長いタラップを一気にかけ昇り
甘やかな蜜を吸いにくる
操舵手は舷門で落ち着かない小鳥だ

子供達が歌う　上から下へ駆け廻る
それを叱りながら彼女達の心もはしゃぐ
すると髭面の航海者達は眼を細めながら
おたおたと後を追うのだ

さて　僕を迎えてくれた花は
数通の封書
一束二十円の何処にでも売っている封筒だが
内外海運　定島丸　中原厚様
と書き込まれていれば
最早それは白い可憐な花々となる

僕は武骨な指でいささか慌てて封を切る
便箋　それだってありふれたものだが
丸っこい細字が埋まっていて　さわやかな声が伝わってくる
白い行間に　どのような匂いがあるか

その時僕は喧騒の中で一人きりだ
登山者にも似ていよう
頂は眉近くにあり
深山の花は足元で風にふるえている

その時僕らは二人
港の与えてくれた僕の花と静かに対《む》きあっている

故郷の歌

私は漸くお前達のもとに帰ってきた
故郷の街よ　河よ
河霧のこめる朝まだきの
市場にいそぐ人々よ
石畳にはね返る車の響きよ
露しずくの滴る野菜の青よ

はずむ威勢の良い「方言」よ
姉さまかぶりの小母っあんよ
白エプロンよ　立ち昇る朝餉の煙よ
少年や少女達の哀歓に繋がれたボートよ

私は今長い旅から戻ってきた

旅行鞄を提げて立っているからといって
始業前のサイレンよ　飛び散る小鳥よ
足早な労働者達よ　その流れよ
レールよ　突放車《とっぽうしゃ》よ　魂ぎる汽笛よ
街角の私を全くの他人と思ってくれるな
親しい者達よ　屋根屋根に輝く朝の陽よ

私が故郷を発たねばならなかった時
私を追うものの仲間でなかったそれらのものに　今朝の挨拶を送る
名もない小路よ　子供達の広場よ
青春の放浪が匂う大正大通りよ

昭和町三丁目よ………

どうか私の挨拶を受け取っておくれ
長かった旅の間も　港から港へ
国から国へ　世界の涯までも
お前を抱き続けてきた船乗りのこの挨拶を
行く先々で　人々の中で
お前の歌をそっと口ずさんでいた私の

——若者が此処に来たら
　冷たい水　あげましょう——

歌う頬の赤い娘さん達よ

自転車の曲乗りに有頂天な声を張りあげる若者よ
朝のなかに飛び出した子供達よ
幼い物語よ　小鳥の囀りよ
青空よ　流れる一つの白い雲よ

旅の終わる頃

今日海は華麗なる都会だ
陽光のさんざめく坂道や
沈む深い谷もある
森の帯から流れる歌
そして沈鬱な呟きも　其処此処にある
闘いも　裏切りも
生殖も　葬列も
春から夏に変わる
トルコ石の空の中に
ひとつ褐色のアドバルン

ベンチの恋人たち
子犬を連れた老人の手押し車
都会の小さな公園が
海藻の茂みにある
そっとしておくべきだ　君
夕暮の贈り物

小鳥が一斉に飛び立つ
いや　あれは飛び魚だ
そこで　工場のあたり
高い煙突のシルエットと重なる
大きな夕焼け
一面のネオン

世界は染められ
漂う雲も
あのとおりだ

何処からか　便りはこないか

十月の風

ガランピーを過ぎると　これは十月の風
はなからやってきてはしきりと淋しい
冷たい女のように　ものを考えさせるではないか
俺は缶室　通風筒の風に吹かれて
計器の固い反射光に　人間の知恵のことなど
ひとしきり考えてみる

周りで何時も　海が荒れている日本
それが祖国だなぞという余計な感情には倦んで
光と原色の世界に出ていったが
今は酒と女が恋しくて　そんな日

海も空も　傷心のように暗い

風がはためくと　記憶という記憶の
ぶざまな頁をめくってみせる
戻れるものなら　今一度
その汚辱にまみれてもよいと思いはするが
齢をとり過ぎた

十月　収穫の月
ああ　空しいスローガンの豊饒！
刈りとること何もない
即ち　幸せということかも知れない
俺は書けないでいる手紙について想う

青い道程

沖縄を過ぎるころから
夜も昼も　青い気配が立ちこめる
近づけば遠退き
とらえ所のないものを
舷窓から覗く

亀のように首を伸ばし
きっと確かめようとする
すると決まって
風浪に漂白された
部厚い帆布のはためきが

合図のように　響くのだ

岬にあがる狼煙《のろし》や
見張り台の水夫の眼
塗りが落ちた望遠鏡　黄色の小旗
「スタンバイ！　スタンバイ！」
銅鑼《どら》がなる

残酷な海
男たちと同数の女の嘆きを呑み込んだ
透明な微笑み
うねりは
大洋のどこから　出発してくるのか

飛び魚の描く水晶模様
飛沫の織り成す　幾つもの小さな虹
それら　様々なエチュードに
船は大きくゆらぎ
一瞬通過する　歴史のごときものを見失う

イスパニヤ人の道を　逆さに辿り
四角い地球のはて
大瀑布が立ちはだかるのをみる
轟々となだれ　落下する啓示
盛り上がり呑み尽くす深淵

海による領域

今宵　海は月を映し
僕の領域は青ざめてある
海軟風が瞼をくすぐり
バナナ市場の雑踏と
飛びかう蠅の羽音が甦る

此処はセイロン沖
黒真珠と海賊達の島
やがて　僕の頭蓋のあたり
帆船が横切る
アラビヤ海を卓越する

モンスーンに間のある季節
総帆は沈み
風の歌も聞こえぬ

それら夥しい徒労が築く
バベルの塔
頂に傾くサザンクロス
積乱雲がひっそりと
暗い海に　影を落とす
僕の心に　一人の名も残さぬ
その多くの船乗り達
僕らが似ることで
何故か　海はこのように清い

それから海鳥が
ゆっくりと羽ばたき
ときおり　小さな木片が流れ
サイドで渦巻き　消える

漕役囚のうたえる

暗黒星雲
お前は黒い扉
お前の錠は固い

石炭袋《コールザック》と軽んじられても
お前は輝きのなかで寡黙
まぎれもなく夜の色　けなげにも美しい
俺達のかたくなな心と
痩せた　だが頑強な意志の先途を
お前は南洋の空にあって　ただ　見守るのか

開けよ　ゴマ　沈黙は裏切り
この憂いと苦しみに満ちた世界の外を
覗かせておくれ

そこにはどのような海があるのか
貿易風は帆をはらますか
島々に　水はあるか

古城のある港はあるか
お花畑があって　少女が歌っているか
炊煙が軒端をゆっくりと這っているか

何よりも　草原と間近に見える雪山と

俺ら少年を育んでくれた
それら故郷にも似た風景はあるか

手かせ　足かせ
重い鎖に　棚杖　革鞭
そんなもの　あるか　ないか

暗黒星雲
固い扉
微かにでもよろしい　何故開かぬ

徒労の時

おいらは思いきり　奴の頭を踏ん付けてやるのだ
それは　脳天に響く反応を何時も期待しているのだが
保護色をした奴は
面《つら》一面ぶよぶよとして
穴に潜るのか　ひれ伏すのか
だが　足を戻すとむくむくと
まるで性欲のような奴だ

俺は疲れる訳にはいかぬ
奴の嘲笑が　たまらないのだ
第二の訳は

俺の疲労と比例して
奴が身の丈を伸ばしよる
やがて　踏めなくなる

そんな怖《おそ》れが生まれてから　かれこれ三年になるか
だから　今年は人間ドックに入った

奴の話をすると
「それは精神科でしょうな」
精神科のドクターは
「残念だが　ノイローゼですら　ありません」

ですら　とは何事じゃ

すると　俺はいったい誰だ
踏ん付ける俺の足とは　誰の足だ

ドック料金　二万二千五百円
金庫に吸い込まれたのを
未練たらたら見送り
出ていく　トンマな俺

この頃
奴が俺だったのだということが
ようやく呑み込めてから　こっち
俺が　奴に頭を踏ん付けさせている

交替者

この頃僕の不思議な交替者について話そう　点鐘が交替を告げ終わると彼はゆっくりタラップを降りてくる　僕は故意に顔をそむけながら　眼の端で　その奴が何時もの奴かどうか　緊張しながらまち受ける　僕の眼の端に映っているタラップの第一段目に　靴先が見え　そして白い靴下の上で軍服色のズボンがひらめき彼は僕の前に現われる

彼とは足だけなのである　その足とは　僕の足とも似ていて　又誰彼の足とも見分けにくい　いわばありふれたものだが　少々太くて逞しいのが特徴といえばそういえるだろう　最初彼が交替者として僕の前に現われた時　僕は肝をつぶした今まで十幾年か　多くの船をまわってきたのだが　どの交替者にしても　何某であり　R君であり　C吉だ　つまり　何処の何の太郎兵衛と由緒正しき者ばかり

だったから

驚きが漸くおさまると　今度は　僕の前にむっつり立った彼に　交替挨拶の敬礼をしたものかどうかと迷った　何しろ答礼しようにも手がないのだから　恥をかかせては悪いではないか　それにたとえ彼にしても　仲間であれば　何時こみやられぬとも限らん　仲良くしておくに限るのだ　僕はそこで　にやりと笑ってそれを挨拶にすることにした　ところが　彼はてんで振り向きもしないのだ　いくら顔がないとはいえ　その気になれば　膝をちょっと折るとか　軽く爪先をあわせるとか　洒落た方法もあるもんだ　余程偉い人の紹介があるのだろう　威張ったものだ　僕はいささか恐れをなした

ところで　眼や耳　器用に動く手や　それらがなくて　どうして当直を勤めるのだろう　僕はそれが心配であったが　点鐘が鳴り終わり　交替者が　現われた時

から既に　此処で果たすべき僕の役割も終わっている訳だし　先刻も述べたように僕よりもうんと偉い人が　彼を機関室当直適任者として認めてよこしたのだろうから　とそう思って船室に上がっていった　あとは飯食って寝るだけだ　だが食堂で　普段の仲間の顔を見た時　僕は故のない　狂暴な発作のように　その奇妙な交替者の無礼についてぶちまけたいと思ったが　と　彼らの表情にある他人面に気付いて　たたらを踏む思いでとどまった

それからの僕というものは一種の神経衰弱患者と同じであった　夢の中にまで繰り返し　機関故障や　船火事や　沈没や　まるでそんなことを望んでいるみたいに思いつめるのだった　海上生活のうえで一番恐れているそれらを　何故夢見るのだろう　僕は知っていた　その理由は　何れも　消火作業にしても　短艇操作にしても　手の助けを必要とするからだ　僕は彼をにくんでいるからだ　然し僕が船底に穴を開けたり　ガソリンに放火したりしない以上　所詮　それは常に夢

であり現実の解決とはならない　だから僕は　点鐘が響き　かの交替者が降りてくると　みじめな笑いを挨拶にする習慣から遂に抜けられなくなるのは　時間の問題であった

眠りが日々に浅くなり　反して疲労が爆発的に溜まったある日　僕は苦し紛れだが　素晴らしいことを思いついた　それは　彼の仲間になるということだった　僕は当直にはいると　眼をつむり　足だけで当直してみようと試みた　結果　さまざまな発見があって僕を驚かせた　成程　ものの数分もすると　瞼がびくびくと重くなり　眼などは　顔のそこについているばかりにうるさくてしようのないものだということがわかる　眼どころじゃない　頭自体が　何時どこかに打っ付けはしまいかと心配ばかりして　くっついているものだ　僕の顔に　久々に微笑が戻った

だが間もなく　前よりも激しい絶望におちいらねばならなかった　僕が脂汗を垂らしてがんばってみても　一時間と眼をつむってはおれない　ついには一歩だって足が進まないのだ　僕は轟く機関の回転音に甲高い嘲笑の声を聞いて　思わずそこへへたへたと座りこんだ　矢張り仕方ないか　そうか　僕は僕の誇りも何もかもかなぐりすてて　彼に　どうすればよいか教えを乞わなければならないことの屈辱を噛みしめながら呟いた

交替が終わっても　僕は上に昇らなかった　成るべく邪魔にならない隅を選んで彼のワッチを見学することにした　彼が動けば　その後に従い　一挙一動　眼を光らせた　僕の視力は二・〇だから　人間としては正常だと思っている　そして殆ど逃すこともなく　彼の当直ぶりをみていたつもりだが　何も新しい発見もなく　直ぐ退屈になった　それは　当直作業自体の単調さからもきていた　殆ど電化され　オートメ化された機関室ワークは　マニュアルに書かれた順序だけを覚

えればよいのである　如何なる創造もない　見ててうんざりする程なのだ　こんな仕事を　今までやっていたのか　吾ながら　思わず感心した

だが　と続けて思った　何の為に？　そうだ　何の為だろう　食わんがためにか？　それだけか？　そして　それはどのくらい正しい？　僕は笑いだしたくなった程だ　その時　ふと　僕の眼にキラリと輝くものが映った　見ると　それは彼の足首にからみついた　黄金色の鎖なのだ　メッキかどうかは知らない　が黄金色のその鎖は　あぶり絵のように　僕の　さまざまな疑問に対する答えを浮かびあがらす　そう思って　再び詳しく見ると　成程軍服色といった彼のズボンの色も　実は海文堂あたりから出ている　機関参考書の表紙カバーの色なのだ　今度は　おおっぴらに声をあげて　僕は笑いだした　何だい　もともと　奴も俺の仲間だ　姿形にだまされているんだな　フェッヘヘヘ

僕は　哄笑の中で　Ｒ君やＣ吉や　かねがね親しいその人々を思い浮かべようとした　お前達も友達　涙で眼がかすむせいか　笑いの中でＲやＣの顔がぐにゃりと溶け　妙に淡々しく拡がり始めると　僕の記憶の底にしっかりと足の形だけが残った　そして気が付くと　足ばかりが僕を取り巻いている　膝をがくがくゆすっているのは　足達も笑っているからだ　間もなく僕も　意識一切を失った

黄昏には殺意がある

黄昏は足音のない狙撃兵だ
世界は彼の眼から逃れることはできぬ

照準が定まると
彼の指は　ゆっくりと引鉄をおとす

悶絶の瞬間は常に崇美
太陽を失った海に血は淡くやがて灰色に拡がる

ひたひたと船側に溢れてくる潮に
僕は訪問者の気配を感ずる

僕は椅子から立ち上がる
やがて重々しい足取りが僕の予感を正す

死者に憐憫《れんびん》を示すことがかつてなかった彼の眼は
虚ろではあっても　曇ることはない

僕らは握手する
まあ座り給え　と僕は言う

その時　僕は　僕の狭い船室の中で
誰と対《む》きあったのだろう

恥ずかしいことだが僕の「今日」に幻惑を感ずるのだ
僕は苦い茶を呑む

さまざまな光の屈折で飾られた
あの艶やかなもの達は何処にいったのだろう

極北の氷の上で遊んでいるとでもいうのか
僕の尻の長い客に対して　少しずつ腹がたってくるのだ

すると港の外から　遠く呼ぶものの声が伝わってくる
僕を取り巻く広い円の暗がりに溶ける部分で獣らの跳梁が始まる

そこには疾走がある　歓喜がある

そして　僕の感じでは　未来すらもある

僕の出発は固いロープで岸壁に繋がれている
汚れた繋留索は　僕の悲劇の質

歌にもならぬ僕の明日だ
僕は再び立ち上がる　そして帰ってもらうのだ
さようなら　一昨日の　昨日の　又今日の友よ
僕は丁重に別れを告げる　ごきげんよう
それから僕は　ベッドに閉じこもり
カーテンを張って涙垂らしたりはしない

僕はシーナイフを研ぎ始める
ゆっくりと　確実に

その時まで　今少し待つ権利が僕にはある
誰にも　何とも　いわせはしない

I・C・B・M

夜を通して　しんしんと降るものがある
レーダーの上　甲板の水溜まりの中
煙突から落ちてボイラーの中にまで
降り注ぐのだ
それは雨のように洗うこともない
雪のように彩ることもない

暗い祈りのごときもの
微かに響く歌声のごとく　物憂い
遠い記憶の　忘れかかった断片
追いかけてくる昨日の風

僕らは見るのだ
星座がゆっくり回転して
故国への時差が縮まっていることを
そして　この綿埃のような　降積物を掻き分け
ひとりはブリッジへ
もうひとりはエンジンルームへと下りていく

しかし　これは何だろう
僕らの胸や手足にべったりくっつく
夜光塗料のごときもの
冷え冷えと　衿や袖口から侵してくるもの

夜明けはくるか
この降り注ぐものの最中から
陽は昇ってくるか

どうして　こうも信じがたくなったのだろう
ラットを握りしめながら　ひとりは呟く
と　その時　恐ろしく巨大なものの影が
ブリッジ前方の闇を切り裂き
軌条を辿って　怪鳥のように通過する

大気は激しく攪乱され　収縮し
そして爆発し
渦紋は　瞬時この地球を取り巻く

すると風圧が　どっと心になだれこみ
彼はしたたか　よろめく

エンジンルームの　もうひとりは
その時　顔を上げる
彼は思わず　身震いする
猫の子一匹だって　いないのだ

閉ざされた船底のここでは
見ることは　只　読むことであり
触れることは　ガラス温度計よりも不確かだ
だが　聞こえるということは
なんと恐ろしいことであろう

彼は　エンジニアの律儀さで
遠ざかる物の響きに　耳を向ける
だが　聞こえてくるものが
あのしんしんと降り注ぐ　虚しい物音でしかなかったとしたらどうか

故郷は遠いか　近いか
狂暴な呻きが　唇を破く
為に　彼は立ち上がる
そして　あたかも見えるがごとく
降り注ぐものを　打ち払う

やがて　あの清冽な夜明けは　くるか

その一瞬
紛れなく輝くものは——

朽ち果てるしかない此処で

いま俺の錆びた気筒の中に注ぎこむ
燃料油は無い
光を拒絶した世界
そこでは　きしむことも　うめくことも
忘れた俺の時間が　更に忘れられ

クランクを煽り
突っ込みざま　潤滑油がしぶき
まんべんなく　俺の気筒に油膜を漲らせた
オートマチック
それが　どのように誇らかなものであったか

音もなく降り注ぐ　マリンスノウ
脳髄の襞《ひだ》をくぐり　もつれる
深海魚の群れ
この深い沈黙

どこか油の滴る音を聞かないか
俺の耳を蔽う
おびただしい甲殻類
波紋　それは大気の側のものだ

戦争というものがあり
そのそれぞれの側で

旗はひらめいていた
思うに　浸食は既に始まっていた

償いとは　このように高価なものだ
往復動はいつ迄も続くとは限らぬ
歳月とは　徒らな沖積でしかなく
幻の如くだ
深海溝の此処
どの眼にも　俺の姿は見えぬ
どの錆打ち器でも
最早　地膚のきらめきを　たたきだせない

火柱を吹き上げる便りは未だか

あらゆるものを焼き尽くし
海底溝は瞬時埋まり
甲殻類は　単なる石灰石となり

俺は　鉄鉱石の昔に戻ろう
やがてゆっくり　俺の埋もれたあたり
マリンスノウが降り注ぎ
気の遠くなる程の　時間が過ぎる

いつもの深海魚の群れが
暗い提灯に導かれ　ぞろぞろと
通り過ぎる

後記

海洋に関わる私の想いは、詩集『海・その聖なるもの』（私家版・二〇〇一年七月発行）と、本書で、おおかた網羅することができた。

一九四九年二月、汽船楓丸（八八〇トン）乗船中に書いた「初春の海」という習作が残っているが、思えば長い年月が流れている。

復員船から、一休みして乗った小型鋼船（六〇〇トン）は、艀に毛が生えたような船で、主に九州の石炭を国内各港に配って回った。

そうした中で、アリューシャン海域、鮭・鱒漁船団の中積み航海は、不意に、非日常の世界に連れだし、私たちの心を充分に揺さぶったものである。

海中に転落すると、五分も生きていられないという海域は、船乗りの死場所として、これ以上に相応しい所はない。

荒れ狂う空と海の、濃霧に閉ざされる空間、常に死と隣合わせの「航海」とは何であったろうか。くにをすて、いえをすて、女房をすてて、ついに見た流氷と海獣の墓所。

さらに、南洋を放浪する途半ばで出会った「海賊」。さようならも言わず、別れた空の色。それら人生の「時」の流れ。

著者プロフィール

中原 厚（なかはら あつし）

1927年（昭和2年）1月、今の北九州市戸畑区に生まれる。

長い海員生活を経た後、全日本海員組合、（財）日本海技協会等に勤務。

主な著書に、『詩集　火夫の朝の歌』『中原厚詩集』『海賊亭の老おっとせい』『詩集　海・その聖なるもの』『日本海員詩集』（編著）等がある。

共著に『現代労働詩集　海員編』（秋津書店）、『海員詩集』（海員組合編）他がある。

現住所：千葉県山武郡成東町白幡701-31　TEL 0475-82-6887

詩集 黒い一匹の人魚の歌

2002年7月15日　初版第1刷発行

著　者　中原 厚
発行者　瓜谷 綱延
発行所　株式会社 文芸社
〒160-0022　東京都新宿区新宿1-10-1
電話　03-5369-3060（編集）
03-5369-2299（販売）
振替　00190-8-728265

印刷所　株式会社 エーヴィスシステムズ

ISBN4-8355-4133-2 C0092